An meine Eltern
Miguel und Concepción
GS

Katalog
Auf Wunsch senden wir Ihnen gerne unseren Verlagskatalog:
MSM B. P. 20, 65502 Vic-en-Bigorre Cedex (Frankreich)
Tél.: (33) 05 62 31 68 01, Fax.: (33) 05 62 31 68 08
http://www.msm-editions.fr
e-mail: contact@msm-editions.fr

BP 20, 65502 Vic-en-Bigorre Cedex - France

Dépôt légal : Februar 2004
ISBN 978-2-9078-9965-9

Druck: Lesaffre SA - Tournai, Belgien (februar 2007)

Noune

Das Kind der Vorgeschichte

Zeichnungen : Gemma Sales
Text : Michel Vaidis

Wissenschaftliche Beratung:
Forschungslaboratorium für Vorgeschichte
des Anthropologischen Museums in Paris

MSM

Vor langer langer Zeit war die Erde nur von Tieren bevölkert... Eines Tages stellte sich eins davon auf die Hinterbeine und begann zu laufen... Bald entwickelten sich die ersten Menschen. Sie bewohnten Höhleneingänge und ernährten sich von rohem Fleisch, das sie bestimmten Tieren abspenstig machten.

Mit der Zeit gelang es ihnen, immer geschickter mit ihren Händen umzugehen und sie entdeckten, daß beim Zerschmettern von Steinen scharfkantige Splitter entstanden. Über diese Entdeckung waren sie äußerst glücklich, denn nun konnten sie Fleisch in Stücke schneiden und aus Tierhäuten Kleider machen. Bald lernten sie auch, aus Steinen Werkzeuge und Waffen herzustellen.

So lebten diese Menschen viele tausend Jahre lang... Sie entdeckten das Feuer, das Wärme und Licht spendete, vor wilden Tieren schützte und mit dem man Fleisch braten und Wasser kochen konnte. Sie lernten, wie man Feuer machte und wie man es am besten anstellte, damit es nicht ausging.

Weitere tausende und tausende von Jahren vergingen, bevor die Menschen neue Erfindungen machten, die ihnen das Leben erleichterten. Ihre äußere Erscheinung wandelte sich ebenfalls. Nach und nach bekamen sie unser heutiges Aussehen.

Vor siebzehntausend Jahren schlugen Männer und Frauen unter einem riesigen Felsvorsprung ihr Lager auf. Zu ihren Füßen lag ein wunderschönes Tal, durch welches friedlich ein kleiner Fluß plätscherte.

Ihre Zelte waren aus Rentierhäuten gefertigt und ähnelten denen, die die Indianer viele Jahre später benutzten.

Das Oberhaupt dieses Stammes hieß Pah. Sein Sohn, Noune, hatte eine ältere Schwester, Malina, die ihrer Mutter Mah bei den häuslichen Arbeiten half. Noune war der neugierigste aller Jungen im Lager. Es verging kein Augenblick, in dem er nicht eine Frage stellte: „Warum tust du das? Was ist das? Was macht man damit?"

Noune sah seiner Schwester gerne beim Feuermachen zu. Sie formte einen kleinen Strohballen, in den sie ein Stück zartes Holz steckte. Darauf legte sie die Spitze eines harten Holzstückes, das sie zwischen ihren Händen blitzschnell hin- und herrollen ließ. Da stieg auch schon ein dünner Rauchschwaden auf. Dann blies Noune in das Häufchen, bis es zu brennen begann.

Die Zubereitung der Mahlzeit war Mahs Sache.
„Warum legst du Steine ins Feuer?" fragte Noune seine Mutter.
Sie antwortete:
„Wenn sie glühend heiß sind, tauche ich sie ins Wasser, um es zum Kochen zu bringen. Dazu hinein kommen dann Fleischbrocken, Gewürze und Wurzeln und wenn dies alles gar gekocht ist, essen wir es."

„Da sind sie, da sind sie!“
Die Männer kehrten von der Jagd zurück. Noune eilte ihnen entgegen. Mit stolz geschwellter Brust trug er die Waffen seines Vaters, worauf die Jäger bemerkten:
„Seht ihn an, wie stark er ist, das ist Noune der Jäger!“

Zu jener Zeit lebten zahlreiche Rentiere im Tal. Das Ren war für die Menschen sehr wertvoll, denn sie ernährten sich von seinem Fleisch und bekleideten sich mit seinem Fell. Sein Geweih diente zur Herstellung von Waffen und Werkzeugen. Aus seinen Knochen stellten sie feine Nadeln her. Alles vom Ren war für sie von Nutzen. Deshalb sagte Pah immer wieder zu Noune, daß man dieses schöne Tier, dem sie soviel zu verdanken hatten, achten solle.

„Aua!"
Malina hatte ihm kurz den Rücken gekehrt und Noune hatte die Gelegenheit ausgenützt, um ihr die Nadel wegzunehmen, mit welcher sie ein Fell nähte.
„Das geschieht dir recht! Du hättest eben die Finger von meiner Arbeit lassen sollen... und außerdem ist das nur was für Mädchen! Bist du eines?"
Noune leckte den kleinen Blutstropfen an seiner Fingerspitze und ging beleidigt zu Mougo.

„Was machst du da?“ fragte er.
„Ich graviere eine Wurfmaschine“ antwortete der Mann.
Der Junge beobachtete, wie unter dem Meißel Mougos ein hübsches kleines Pferd entstand. „Warum gerade ein Pferd?“ fragte Noune.
„Damit der Speer so schnell wie ein Pferd im Galopp durch die Luft jagd.“
Das brachte Noune auf die Idee, mit den herumliegenden Holzscheiten „Speerwerfen“ zu spielen.

„Pah, nimm' mich mit zu den Rentieren am Fluß...", bat Noune.
An dieser Stelle war das Wasser nicht sehr tief. Pferde und Rentiere versammelten sich dort zum Trinken und Überqueren des Flusses. Im hohen Gras verborgen, beobachteten Noune und Pah die Rentiere, die ihren Durst stillten.

Plötzlich bemerkte Noune einen Luchs, der sich an ein Kalb heranschlich, das sich von seiner Mutter entfernt hatte.
„Er wird es töten... tu was!" flüsterte Noune aufgeregt.
Pah ergriff seine Wurfmaschine und schoß einen Speer ab, der das Raubtier im Sprung traf.

Aus dem Fell des Luchses machte Malina eine Tasche, mit der sie zum Pflanzen- und Früchtesammeln ging. Die Zähne gab man Mougo zum Durchstechen, so bekam Noune ein hübsches Halsband.

Pah nahm dieses Abenteuer zum Anlaß dafür, Noune zu lehren, daß überall Gefahr lauere, man sich niemals allein von seinem Lager entfernen dürfe und daß ein kleiner Junge gegenüber einem hungrigen Luchs hilflos sei. Es herrschte das Gesetz des Stärkeren.

Der Herbst kleidete die Weiden und Ulmen in wunderschöne Farben, der Wind wurde kälter und ließ die Blätter tanzen.

Noune beobachtete, wie ein Eichhörnchen Eicheln sammelte und sie in einer alten hohlen Eiche versteckte. Da kam Malina mit ihrem neuen geflochtenen Korb in der Hand.
„Wohin gehst du?“ fragte Noune.
„Komm' mit mir, dann siehst du's“, antwortete sie.

„Warum sammelst du diese kleinen braunen Steine auf?" fragte Noune.
„Das sind Nüsse, man kann sie essen und sie schmecken gut", erwiderte sie.
Er sammelte eine vom Boden auf und steckte sie in den Mund.
„Aua! Damit beißt man sich ja die Zähne aus!"
Da zeigte ihm seine Schwester, wie man mit einem Stein die Schale knackte.

Alle Frauen nutzten die letzten schönen Tage, um Heilkräuter zu sammeln, die letzten eßbaren Wurzeln auszugraben und die letzten Beeren zu pflücken, bevor der Winter die Ebene mit einem dicken Schneemantel bedeckte.

In ein kuschelwarmes Bärenfell gemummt, tauchte Noune langsam aus dem Schlaf. Mah war über die Feuerstelle gebeugt und ließ Lindenblüten in heißem Wasser ziehen.
„Wie ist das Wetter?" wollte der kleine Junge wissen.
„Sieh' doch selbst nach", antwortete Malina.
Noune stand auf und streckte den Kopf aus dem Zelt. „Oh!" rief er überrascht. Während er schlief, hatten die Schneeflocken alles in Weiß getaucht.

Malina knüpfte Dachshaare an einen kleinen Stecken.
„Was machst du damit?" wollte Noune neugierig wissen.
„Das dient zum Verstreichen von Farben. Die gesammte Sippe versammelt sich heute in der großen Höhle, um sie mit den Tieren zu bemalen, die im nächsten Frühjahr wieder zu uns kommen werden."

In der großen Höhle war es finster und unheimlich. Fackeln warfen riesige Schatten an die Wände. Trotz der Steinlampe, die ein sanftes Licht ausstrahlte, befiel Noune ein Gefühl der Angst. Die kleine Flamme der Lampe tanzte am Ende eines geflochtenen Dochts, der in Rentierfett schwamm. Malina erklärte ihm, daß dieses Fett die Flamme nährte.

Pah und Mougo stiegen auf ein Gerüst aus Pinienholz. Sie waren so hoch oben, daß sie die Decke der Höhle berührten. Pah zeichnete mit einem Stück Holzkohle den Umriß eines Tieres. Noune hatte es erkannt und rief freudig: „Das ist ein Stier, Pah hat einen Stier gemalt!"

Mah zermalmte rotgelbe Tonerde, der sie Rentierfett beimischte. Dies ergab eine Farbe, die Mougo mit dem von Malina hergestellten Pinsel verstrich.

Der Winter näherte sich seinem Ende. In der großen Höhle hatten Pah und Mougo fast die gesamte Decke und eine ganze Wand bemalt.
Noune träumte mit offenen Augen vor diesem Wunderwerk. Es schien ihm, als würden die Pferde, Stiere und Hirsche lebendig, als sprängen sie von den Wänden, um aus der Höhle zu fliehen, so ähnlich waren sie denen, die er im Tal beobachtet hatte.

„Welches Tier ist das böseste?“ fragte der kleine Junge.
„Kein Tier ist böse. Es muß töten, um sich zu ernähren und fliehen, um selbst nicht gefressen zu werden. So ist das Leben“, antwortete sein Vater.

Da erzählte er ihm von den Büffeln, die so schnell sind, daß sie Staubwolken aufwirbeln, vom braunen Bär, der sich auf seine Hinterbeine stellt, um den Bienen ihren Honig zu stehlen, von den Wölfen, die die Rentiere einkreisen, um sie besser jagen zu können und vom Steinbock, der an Orte klettert, wo niemand auch nur das Gleichgewicht halten könnte.

„Aber Nounes Wissensdurst war grenzenlos und so fragte er weiter: „Und das größte aller Tiere?" „Das ist das Mammut, aber es lebt weit weg von hier in den weiten Steppen des Nordens." Noune träumte einen Augenblick lang von diesen Riesen, aber da beschäftigte ihn schon wieder eine Frage: „Und das Schlaueste?" Pah begann herzhaft zu lachen:
„Das ist der Mensch." „Aber wir haben doch keine Krallen und nicht mal scharfe Zähne", erwiderte Noune.
„Nein, aber dafür haben wir Werkzeuge und Waffen, die wir selbst herstellen, wir können mit dem Feuer umgehen und wir überlegen, bevor wir handeln."

Noune hatte Mougo zum Fischen begleitet. Lange beobachtete er den Mann, wie er reglos auf den Grund des Wassers starrte. Plötzlich tauchte ein Eisvogel blitzschnell in den Fluß und flog mit einem kleinen, silberglänzenden Fisch im Schnabel davon.
„Hast du das gesehen? Der hat wenigstens was gefangen!“ rief Noune aufgeregt.
„Ich auch...“, erwiderte Mougo, indem er mit seiner Harpune ins Wasser zielte.
„Und mein Fisch ist sogar viel größer“
An der Harpunenspitze zappelte ein riesiger Lachs.

Am Tag darauf spielte Noune „Mougo der Fischer". Da stand er nun auf einem großen Stein mitten im kleinen Bach wackelig da und rief seiner Schwester schwungvoll zu: „Sieh' mal wie man Lachse fängt!"
Da verlor er auch schon das Gleichgewicht und fiel ins Wasser.
Malina konnte sich das Lachen nicht verbeißen.
„Und ich werde dir zeigen, wie man kleine Jungen fängt!"

Die Rentiere hatten das Tal verlassen, um zu ihren Sommerweideplätzen zu ziehen. Die Menschen folgten ihnen und verließen das Lager am Felsen.
„Warum mußten wir weg?“ fragte Noune mit Tränen in den Augen.
„Wir werden im Herbst mit den Rentieren wiederkommen“, versprach Mah.

Sie trafen auf Menschen eines anderen Stammes, mit denen sie Kleidung und Werkzeuge tauschten. Einer der Männer zeigte Noune einen kleinen hohlen und an mehreren Stellen durchbohrten Knochen eines Vogels.
„Was macht man damit?" fragte der Junge sofort neugierig.
„Blas' hinein und halt mit den Fingern ein Loch nach dem anderen zu."
Noune pustete zunächst viel zu stark in den Knochen und es tat sich nichts. Da blies er noch einmal hinein, aber diesmal sanfter. Ein leises Pfeifen wurde hörbar, woraufhin ihm alle zujubelten und der Mann ihm als Belohnung die Flöte schenkte.

Noune wuchs heran und wurde ein berühmter Jäger. Seine Kinder und Enkel taten es ihm nach. Dann verging ein Jahrhundert nach dem anderen und man vergaß ihre Geschichte bis zu dem Tag, an dem vier Kinder unterirdische Gänge erforschten und zufällig auf eine Höhle stießen:
Es war die Höhle unseres kleinen Helden Noune.